光の鱗

Hikari-no-Uroko

Jun Nagata

永田淳歌集

朔出版

光の鱗　目次

装幀　間村俊一
カバー写真　著者

歌集　光の鱗

泣きつつに締む

春立つに満月ほろほろ上がりたり眠たいだろう彼女もきっと

新かなの音の響かう節分の夜を酌みたり若きにまじり

歌を作るはわれ一人なる気楽さの鉄鍋に焦げし肉をつつきぬ

卒業生代表答辞の半ばごろ女子の席より鼻すする音

式場に湿気の満ちぬ代表は答辞の掉尾泣きつつに締む

されど彼原稿用紙六枚に及ばんとする辞を諳んじ礼《いや》せり

十四年毎朝かよいし保育園三月末の颯《そう》の卒園

この子らに卒園の感慨あらざらん昨日《きそ》と同じに駆け来る廊下

保育園は卒園式後も行くところ十八人が休まずに来る

時間の鏃

保育園に通う子のもうあらぬ四月　桜明るき時間の鏃

埋められて消されふたたび埋められて白紙《しらかみ》にやがて一筋の川

禾を吹く

午後七時の明るさの中を降る雨に転居通知の一葉届く

子も同じ剃刀使いいるらしく風呂の窓辺に古びつつあり

剃り方を教わりしことなし剃り方を教えしことあり十五の櫂に

禾を吹く川風の中自転車のペダルにかけるわが体重を

健闘と

自らの影と闘うがに聞こゆ妻と息子の言い争いは

はればれとわが鬱の日々　紅き実を葉の下蔭に吊す四照花《やまぼうし》

竹たちに嫌な雨やなぁと言わしめし母の気鬱が乗り移りきぬ

洗腸剤ひと夜服み継ぎいっぽんのホースとなりて検診へ赴《ゆ》く

今日われの上半身の輪郭をなしいしTシャツにつく牛膝

健闘と呼ばるる勝ちはなしひたひたと蛇口を落つる水滴の冴ゆ

展翅図

展翅図のあまたなる図鑑晩秋の子の指先は繰りており屍《し》を

わが息に湿らせ跡を消しゆけり指紋その他が記しし窓の

掌の裡に点じる小さき火の影に揺れておりたり前髪すうほん

すみません火を貸してくれませんかのごとき気軽さに戦争前夜

単純を人は喜ぶ煽られて埋み火赤く燃え立つ夕べ

晩年にわが眺めたる桜まで記憶のふちを遡《のぼ》りてゆかな

寂しさのいろ持ち寄りて純白とならぬ桜を創りたまいき

少なからぬ人を弑してしかもなお日本の桜の咲きやまぬなり

ルリユール

わが髪に指かきいれてくちづけき　日本海溝葉桜の頃

ルリユールと声に出だして言うときの湿りをはつか手渡している

ポプリンと表装を指示されいたる歌集のゲラに掌をあつ

ゆるく波紋ひろがりいたり春の陽の射す多摩川に　あれは鯔だよ

いつかこのシャンパン抜こうよ立ち待ちの月が離陸を始める前に

久保田の萬壽

ためらいは輝きににて壁土に残る温みを背《そびら》に感ず

川は夏　酔いたる君が拾いたる金槌その後の行方を知らず

貝殻を沈めてあるく日の暮れをさびしい人に見られておりぬ

せつなさを取り戻しつつある雨を髪から襟に夕べ垂らして

軽やかに言葉流るる現代の織姫に献ずる久保田の萬壽

つくも神めく

幼虫やメダカの仔魚を養いて疲れてあるも妻のはなやぐ

感情的に叱るは家庭に留むべし　人の等しく疲れし後の

いずこかの窓辺を洩れてブルースはわが前庭を濡らし過ぎゆく

結句まで届きて細る体力の音便形はつくも神めく

川辺には川風吹けり同時には二つのことを悲しめざるに

その母と同じ理由に出雲去るヘルンの跡を記念館に追う

足裏のそげを抜かんと天眼鏡につくづくと見る君が蹠

まだ僕でいい

汀まで秋が迫っていたことを知りたり君の冷たき素足に

風泊つるために開けおくわが襟の　浮標《ブイ》を巡りて泳ぎいる見ゆ

声はまだそこまで届いていないから蹠を砂に押されて歩む

八月の夜を大きく穿ちつつはたりはたりと夕顔咲きぬ

人称はまだ僕でいい稲妻が遠くのビルを撓らせている

この夏を終わらせる雨　かぎろいのそばだつ道のほどかれてゆく

落葉ふすふす

遠くまで子供を探しにゆくことのもはやなければ灯ともして待つ

死の後はやさしき火にて焼かれたし落葉ふすふすいぶすごとき火に

あらかじめ寂しさの嵩決まりいて感冒薬の二粒をのむ

秋の陽に創《きず》みゆることかたわらの君に告げんと掌をかざしたり

その妻の名に宛て芋や菓子おくる西之原一貴が母

仲秋の傾かせたる陽のなかを茅にさやりつつあなたは歩く

螺旋を空に

夜明け前の空の昏さを吸い上げる壺にペン先さしいれながら

せつなさのみなもととして階段は螺旋を空に食い込ませいる

幾多郎を読みあぐねいる間に置かれたるそば湯ぬるきを飲みてたちたり

まだ夏は実感のまま　初めての海を見た日が思い出せない

青いネクタイ

楽しくて仕方ないぜという顔は猫より犬に多し　土手道

包丁をかざして喧嘩することもなくなったねと夜の湯に言えり

暁の毛布に入り来し君よりもあと半月は年上である

校了の印ふかぶかと捺し込みぬ南に二度ほど会いたる著者の

吉川宏志長男、映画学科四回生

喫煙所で鮎太に会えりオレ喫わないッス　一八〇cmの上背陽気

GIDを訴える子が終業のチャイムに締める青いネクタイ

Gender Identity Disorder

星の匂いす

父われが愉しみ作る冬の日に　サンタがくれた宇宙船模型

青き火を煙草に移すその刹那月のおもてを衛星よぎる

乳房のごとき丸みに雪被く車止めにも朝の陽は射す

終わらないエンドロールに似てそののちを深く眠りぬ楡の眠りを

多く夜に作られたるゆえ紙の上の歌には星の匂いすと言う

検診を明日受くる夜にへそゴマの掃除しており減りいる腹の

外来のあらば禁煙したろうか佐太郎の背が蛇崩をゆく

氷瀑を見にゆかんかな重力に従い落つるものたちのため

春　雑感

そののちを会わざる人の多かりけむ柊野別れにウィンカーを出す

水仙の花弁のごとき鉄糸の十字を切れば匂う春宵

檣に光集めて航く船の紀淡海峡に春の満ち潮

朝風に弱音を吐くをためらいぬ君が外まで送ってくれて

佐保姫が土筆を摘みてゆくごとき文選の業を動画に見おり

十七歳の櫂の初めての相談のたった五分で終わりたれども

今宵降る流星の尾に似て細く短く今のさみしさを言う

送る側の席につきいる娘を認め最前列へ頭を下げ歩む

来賓として最前列に座りおり来年娘の出る卒業式に

留年も中退もいて彼らみな二次会あたりに集いてきたり

それぞれの四年を重ねある春の一日を機とし離れてゆけり

実学に遠き彼らの気楽なり午前五時までともに飲みいて

鮮やかな断面を見せその後は同じ顔ぶれの揃うことなし

七人ぐらいの
平べたくなりて女の眠りいるかたえの闇に身を沈めたり

同じ結社に拠るとうことの気安さに浅草橋の二十時までを飲む

飯茶碗の縁にするどく親指をかけつつ食うを横目に見おり

天皇にも七人ぐらいの敵はいたのかと鯵の開きを食いつつ思う

昨日湖に見ていし伊吹の山肌を新幹線に見上げておりぬ

水張田のおもてわずかにめくりつつ濃尾平野に黒南風は吹く

車窓遠く光ったと君の言う海を見やればすでに山に隠れる

ダイワスカーレット

すすきのに昼のまばらな雨の降る聞こえぬほどの「南三条」

盈ちるごと霧は岸辺を鎖しゆけり支笏湖の上にわれら浮きいて

名を呼ばば近くに人のあることのウダイカンバの大木に倚る

初めての雨に濡れおり初めての北海道の雨に濡れおり

ダイワスカーレットに温く掌を当つ思い出すよすがとしてのこの体温に

三十年目のD.C.

父のハンス・ノイラート賞授賞式のためにまずワシントン　２０１７年7月

イミグレーション抜けたるのちも肥り肉黒人オフィサーに呼び止められぬ

今ならば馴染むに易き国かとも思えりベセスダに夏の陽

三十年を隔てふたたびのアグニュー Dr.連翹残れど建て替えられおり

わずかに下っていく道だったのだ　記憶の襞に血の巡り初む

縮尺の狂いを時おり正しつつ三十年目の D.C. 歩く

そしてバンクーバーへ

午後九時の暮れなずむ店に交わさるる英語の澪を追いつづけおり

彼らみな父も含めて陽気なり研究のことは話そうとせず

母あらば母の座りてあるはずの席にて父の受賞を見上ぐ

東洋のわが髪黒きを羞しみてホテルの床にひろう一条

モントリオールの学生街にIzakayaとあれば入りたり　枝豆まずし

Jokerあるいは Ace

当時まだ人工衛星でありし飛翔体いつしか火星《ファソン》の名の付く

つづまりは空襲警報Jアラートは PCフリーズの軽さ

防空頭巾売り出さるる日も近からん「今なら安倍《総理》のご真影もセットで」

まだ少し竹槍よりもましだろうPAC3の防空範囲

物陰に隠れて頭を抱えよと機銃掃射もかく逃れしか

避難訓練に参加せざるは非国民　馴らされてゆくは楽しかるらん

五五〇km上空も日本　間違いであらねばすなわち正義とはなる

フセインやビンラディンは核兵器持たざるゆえに殺されたらむ

秒速三十万キロの飛語流言　青い鳥《Twitter》が銜えて運ぶ

このような歌を載せたる雑誌とて発禁となる日のいずれは来ずや

平壌に詩人のたつきの幸くあれ　ペガススゆ降る流星あまた

ノド深く抑圧の真綿つめらるる彼らの地下水ほどの声さえ聞けぬ

蝕まるることにもすでに馴れおらん　いつかのそしていずれの我ら

おすきなふくは

両脇にふたつ旋風《つむじ》をうみながら暁方《あけがた》の空を高くゆく鳥

動画には飛びちるギター暴力がかく美《は》しくロックでありし時代の

生活の細部が灯る玄関に一筋のぼる蚊遣りの煙に

助手席に「おすきなふくは」と教えくれき秋が傾かせたる陽ざしの中で

雨の神宮

人間も現象だろうかざらついた画面の向こうに雨の神宮

前線に最初に着きしが殺さるる自転車道までのぼりくる葛

万歳を何度も何度も見せられつそのたび横で妻は頭を下ぐ

眼球も交接器官も掌に潰されて蚊は血に溺れたり

半月を人工衛星かすめゆきその場しのぎの言葉はいらず

メイス・ウィンドゥ

いい奴なんだけどは褒め言葉にあらずかつて何度も言われたる

深き創《きず》縫いとづるごと鵯は落ちながら飛ぶ空のふかみを

メイス・ウィンドゥその碩学の行間をひたすらに読む　まどに陽は満ち

釣りに行きたいが釣りに生きたいに変わる頃今宵の酔いもいよいよ本気

われの子で母の孫ゆえ仕方なし玲のこの喧嘩っぱやさ

龍安寺二首

ふすま絵の枯山水の下辺まで初冬のあわき陽のときどきおり

たつどうの茶釜に薄くたつ湯気の挙りてひとのぬくもるところ

彼岸に光を

乳房は不可算名詞か　雪の午後　かくなる言は人を傷つく

健全な野心こそよけれ雫する氷柱に午後の陽は移りきて

傍らを過ぎての後に匂いくる臘梅のまだ蕾めるあまた

歌を作れともはや誰にも言われぬに夜のおそきを一人し酌めり

南国の大学名ふたつ口にして十八歳の櫂の饒舌

二十代の我を知るゆえ親しかり髭に埋もれて宇田川寛之

ああそれは退きながら敗けてゆく恋　かつて二十代の吾を苦しめき

その川の河口の広さを知っている　彼岸に光を渡して橋は

したたかに生くるを諾わざりきしたたかはよき言葉なれども

ターヘル・アナトミア

ロスマンズにジッポーの火を移しいき憩室の窓に肱をつきつつ

前庭野にアズマモグラの通りしか筋幾重にも交わりて消ゆ

端座してまだ新しき畳の目指に数える一人の鼓室

夏の日の傾くころに葉の先を風は揺らせり神経叢の

密室のコンクラーベに集いきて僧帽弁の渦を巻きおり

夜ごと夜ごとシマフクロウの巡りいむ鼠径部の辺の喬木の梢

懐かしき帰っておいでの声聞こゆ逆光の中の幽門に佇ち

乾きいる季《とき》を眠りて過ごすべし蝸牛窓をカーテンに遮し

目陰して風を嗅ぎおり週末のランゲルハンス島の昼下がり
如月を海馬駆けたり巨いなるマリアナ海溝北へと過ぎり

維也納なる茂吉の

おのずから昼酒飲まば思い出すひと日が弥生の初めにありぬ

小さなる嘘をつきたる日の暮れに木蓮大きく咲くを見にゆく

維也納なる茂吉の随筆たどりおり帝国ホテル三階ロビー

喫っている夢をいまだに見てしまう味は頭が覚えいるらし

小高さん

陽炎にくるぶしまでを浸しつつ歩みくるなり連翹に沿い

没り際の山に大きく響きいん春の夕陽の沈みゆく音

その夫がもうすぐ死ぬを知りながら歌集の頁めくるをおそる

小高さんいまはもっとひどいです　瞋りいるメール取り出だし読む

四日前のメール前日の手紙ともに飲もうと括られて　死が断ちし約束

懸想文書きなずむに似てこの二日三行目よりすすまぬ帯文

春宵酒を温めてひとり

二人での旅は初めて十八の櫂の後期試験に付き合う

ゆたかなる高梁川の流量にしばらくを沿い眠し三月

彼らより若きを征かせし世もありき受験生の列に子を送り出す

ひとりなり宍道湖畔の美術館に二時間半の時を遣りつつ

UNの署名力強きの懐かしさ平塚運一の版画に対う

試験終えし櫂と落ち合い子が四年住むかもしれぬ町に寿司食う

千鳥寿しの寿司うまかりき十二貫が試験終えたる櫂におさまる

春風がはるかに湖面をけぶらせてもう大声に呼ばなくてもいい子

この列車に帰省する日もあるのかと夕刻やくもは山中に入る

声はああと漏れたり刻限のホームページに発表あれば

吾も妻も浪人生活知らざれば新鮮でもあるこのさき一年

しかしそれは安堵かもしれず子を一年手放さず暮らすこれまでの日々

我よりも二人も多い弟妹を率る苦労など一度も言わず

受かりおれば今頃ふたりで呑みいるを春宵酒を温めてひとり

花までの間

紅しとも蒼しとも見ゆ　高瀬川の桜は夜に侵されてゆく

河べりに桜一本あかときの狭霧をはつか明るめて咲く

わがぬるき午後の水面に垂らしたり桜のごとき青きしずくを

兆しくる性欲のごと膨らみてひどく静かに闇を占めおり

さわがしく桜の散るを見しはなし夜を冷やしてひたすらに散る

前線など無粋な言葉に縁どられ北を目指して逝ってしまえり

矛とはしたり

勁さ、とはしたくなしされど四人子の我にはあるを矛とはしたり

身の裡にあかるき空洞つくりつつ四月の朝の小便を終う

悼・田附昭二さん

今日のこと一生忘れませんと緩和ケア転院間近にふかく頭を下ぐ

一生の思い出ですとも言いたまいき少年のごとき眼差しのまま

十八名の参列者のひとりとし通夜の最後に焼香を上ぐ

ふたつの孤島

我の名の一部でありし青滲む雨のポストに葉書は反りて

桜海老その濫觴の身の色を春のパスタのフォークに掬いぬ

六人が集う食卓稀となり三人分の天ぷらを揚ぐ

踝はふたつの孤島くらみつつ寄せくる汐の汀となせり

この先は夏川風の透る角イヌビエ長き影をのばして

蔑《なみ》するがともかく批評と思いいるを若しと思いすなわち恥じぬ
スラッシュのギター呼びだし蒸し暑く昏れはじめたるに音細く聴く

アカヤマドリ

落葉松の林に陽《よう》が見つけたるアカヤマドリまで四人で歩く

みすずかる信濃に母の執念のアカヤマドリは朱を深めおり

六人にかつて歩きし林道に四人となりぬ　斑をなし降る陽

明け方の地表のうすく霧らう中雉の親子を見たという声

背景に蒟蒻畑を収めつつ颯に撮られぬあなたの横に

ノルトシュライフェ

石像の多くは鼻を欠いており紀元前の匂い忘れて

ジュゼッペ・アルチンボルドが「秋」に描きし葡萄に熟しいる果汁

天王寺動物園前に行き合いしオクトーバーフェストに一人し飲めり

本国にゆきたしとかつて願いたりニュルブルクリンクの北コース《ノルトシュライフェ》へも

子以外をまっすぐに叱る強さを欲す我にまだ一親のあれば

石座神社火祭

太古よりの変わらぬ色に照らさるる人ら囲めり薪にたつ火を

火のめぐりに環を保ちつつ祭の夜火の粉の昇るを目に追うひとり

松明は大蛇に模され一〇メートル二本の端に火の放たる
火の進みに自ずと遅速のありながらのたうつ蛇の死も近からん

海進期

冬の陽の斜りの中を一条の航跡となり駆けてゆく午後

ゆきあいの湖と呼ぶべし躍層は静かに昼を崩れつつあり

かなしくて目覚めていたり二時間を寝ねたるのちを月に起こされ

負け方を知らない人の隣にて言葉に色を失ってゆく

脊椎はすでにしていま海進期　半月の徐ろに色を深めぬ

聴きさしのラフマニノフの情熱を夜のパソコンに呼び戻しおり

Huddersfield　のち　London

Manchester から Huddersfield

EUとそれ以外とに分けらるるマンチェスター空港は夜の雨の中

長男を連れて迎えに来てくれぬ三十年前の面差しのまま

この娘にはジャマイカとさほど変わるまじ日本《Japan》にはないビアなどと注文す

機内にてわずか一時間寝ねしのみJSTの六時までを飲む

八ヶ月の研究のために住む街は二時間歩けばほぼ一回り

日本人一人しかおらぬ街なれば彼の家族に客人《まろうど》われは

客人を迎える愉しさ Welcome Nagata-san など家中に貼り

その躁ぎっぷり我にもありしよ九歳と五歳のカードに夜を付き合う

この子らの記憶に残りたいなどと思わぬでもなしK《キング》が三枚

わが去りし後のこの二人子の寂しさを誰よりも知る一人ではある

彼らにも数多のプランのあったろう両親の同級生の来訪とあらば

そして London へ

半身を西と東に断ちてくるグリニッジの金属プレート

海の匂い届かざれども致命傷となるほど切れ込むテムズの水量

Annunciation とのみ記さるる一枚に左から差し出さるる天使の右手

類型を懼れもせずに繰り返す聖母子像の中世に飽く

すなわち掠奪の極北　エンタシス神殿正面の据えられてあり

死者たちを晒しつづけて二百余年ミイラにいまも人の群がる

パブに歌稿展げておれば店員に math してるのかと訊ねられたり
バーテンに拙き英語に伝えおり旨いエールを1パイントで

寒諸子の頤あたり

たぶんこれはソニー・ロリンズ　暖をとる形にグラスの氷とかして

寒諸子の頤あたりに歯をあてつ寂しきまでの苦さはかなし

Vermeer 展

陽の翳るまぎわを画家は捉えたり捕鯨船団に初冬のひかり

その白き額にひかりを集めつつ頬杖をつく少女おさなし

絵の中にかかりいる絵もフェルメールの手に違いなし右上を占む

一心に女は手紙をしたためるその思いはも画家のみが知る

幾重にも翳る部分は塗られいて筆致とはおそらく濃淡のこと

透視図法その黎明期の一点に消えてゆきしや描かざる思いも

隣人のいびき

あと幾度いやだなぁとつぶやいてこうして荷造りするのだろうか
術前であればすること特になし分厚きゲラをベッドにひろぐ

隣人のいびきうるさし四時頃に途切れようやく微睡みはじむ

手術時間わずか四〇分七秒にて局所麻酔の痺れ長引く

生き死ににに関わる病にあらざれば長くここまで引き延ばしきし

生食と書かれ虚空をぶら下げる点滴袋に繋がれている

明日になればひくと言われし疼痛と付き合うための永き夜に入る

愛媛へ遣りぬ

手放すというにあらねど十九歳の息子を遠く愛媛へ遣りぬ

九年前息子がひとりに歩きける松山に過ぐすとう四年の歳月

厳父たれなどとはついに思わざりされど電話をかけることなし

LINEとう通信手段こまごまと子は妻になにか伝えいるらし

家族とはひとつ家に暮らすことならん離れていても子は子にあれど

何喰っているのかなどと思わぬこともなし桜に淡く月光のさす

子の圏内

キログラム原器廃されし二日後を雨に降られてわが帰りたり

太陽を離りゆくとき彗星の表面に吹く嵐おもえり

よく知れる道にはあれど子とゆけば子の圏内に迷い込みいる

言い訳をまず考えて打ち始むお詫びのメールばかり三通

木村敏

懐かしき声に会いたり木村敏いく度も母を扶けしそのこえ

お電話と「お」を付け呼びたしただ一度木村敏よりもらいし電話

乞いてもらいしは生涯に二度岡部桂一郎、木村敏のサイン

杖をつくこの老碩学に会いえしをわが一生の幸いともせん

また今度の約束あらぬが人生と深く頭を下げ辞して来たりぬ

大粒の驟雨のごとく

六月の陽の残りいる雲の峰遠くに住まう子のあるに似て

伏せらるるカップの抱きいし小さき闇朝のわが手が展きていたり

強くて生き残りしもの僅か多くは敗残あるいは俘虜なる

夏の陽に耀《て》りながら降る大粒の驟雨のごとく人を恋いいき

柔らかな黄を曳きながら河原鶸小さき朝を啄みていつ

大学生になりたる櫂の長身を見るなく逝きし母の九年

出発ゲート

アデレード、名は知りおれど iMac に Google Earth 開き確かむ

親われのなしたることの少なくてホストファミリーへのメール一通

二ヶ月の短期といえど豪州へ留学をする娘を送る

乏しかるトランジットのあれこれを伝えつつゆく伊丹への道

このままに帰って来ざることもあらんこと思いつつ展望デッキに並ぶ

饒舌はこの先の不安の裏返し娘の躁のそしてわれらの

黄金色の鴨なんばの出汁啜りいるこの娘十六　美々卯のうどん

振り向かず出発ゲートを潜りたりセキュリティチェック灯すことなく

シドニーの乗り継ぎミスの伝わりて翌早朝の妻に起こさる

それもまたひとつ経験カンタスが用意してくれたるチケットの写真

いながらにシドニー空港とつながりてしかし寒さも匂いも伝えず

十七になる日を異国の家族らとそして二匹の猫と迎える

二時間の遅れに着きしアデレードに彼ら確かに玲を迎えぬ

秋の濃くなり初むるころ帰りくる春を迎えつつある国を発ち

夏の夜を

このたびも花山多佳子に夢のうた多しと読めり蕎麦屋の二階

夏の夜を傷つけながら降る雨の　車を停めて待ちおり人を

札幌、三度目

人あまた屋台あまたの大通り公園に匂うザンギ、ジンギスカン

突然に袖引きくるる人のなし南三条に秋陽あまねし

猥雑にあてがわれたる漢字にてアイヌの地名を発音したり

篠懸を頸いたきまで見上げいて　草木にもあらんベルクマン法則

初秋の陽はなだりつつ耀らしいつ千歳を遠く嶺なす雲を

子規庵

重々と糸瓜さげいる子規庵を細かき根岸の雨が濡らせり

かすれつつアーサー・ビナードの署名ある訪問帳に二日の過ぎぬ

もとおりて上野に見上ぐヘラクレスの免震台座に弓を引けるを

通りには野分の落としし銀杏の踏まれて数多においを放つ

ゆかざれば常に憧れ行きてまたさらに思ほゆ子規庵の玻璃

気まぐれに神無月なる雨の降る不忍池の敗荷の上に
女郎花咲きいる葉書求めえしことも一日の幸いとせん

高い寿司

病み伏すにあらざるを呼び出だし寿司を食いたり禿頭となりおり

一人なら会うを躊躇う　芦屋まで出向きて寿司を四人で食いぬ

励ますも嘘くさければ常のごとどこで釣れるかなどを言い合う

次のまたのあるかわからぬ夜の更けを彼に一人子いまだ一歳

高い寿司驕ったことがこの先のわれら三人《みたり》の慰めとなるな

UNHCR

地下街に青き幟を立てているUNHCRの汀に寄りぬ

緒方貞子去りし世界に月々の最低口数の寄付を約せり

Amazonに登録はせぬわがクレジット番号記し手続きを終う

堂々と去ればよいもの　深々と下げらるる頭を逃げてきたりぬ

遥かに君を　悼・牧浦伸行　一月十五日

液晶に君の名あれど青ざめる女声が電話の向こうに泣きて

一枚の「故」と「儀」と書かるるファックスが届き初めて妻の名を知る

日々はまだ残されいるとう楽観をわがゆるしいきこの二ヶ月を

冷静でニヒルが身上　その毒を幾たびわれは躱してきしか

年下のわがこと常にさん付けに呼びくれていき　祭壇に高し

タキシード姿の遺影　口元のわずかなはにかみの撮られていたり

隣には私がいるんです、告げられて五年の前の婚礼の日は

その息子一歳九ヶ月父の死を知らずに母の脚にまつわる

焼香をひとり済ませて外に出れば六甲に睦月の灯りのともる

遅れ来し四人は釣りの仲間なりまだ思い出は誰も語らず

芦屋川挟みて釣具屋のある式場あいつらしいと互みに言えり

刻おおく湖上に過ごしたるゆえに帽子の下の水照りの貌

ぶっきらぼうは二十数年変わらざりそのぶっきらぼうをわが好みいき

彼に釣り勝ちしはわずか三度ほどわずかばかりを我は誇らん

去る者はつねに思い出残しゆくその濃淡の淡き側なり

そして夏

野尻湖に夏はあまねく注ぎおり汀は記憶の打ち寄する場所

遠くまで水面見えおり遠くまでボート浮きおり夏の充ちいき

若夏の野尻の湖面を奔りたる航跡白く顕ちかえりくる

妻子連れ野尻の湖畔に戻りたり二十代のわれを顕たしむ

「相手が相手だけになぁ」のメールが最後　遥かに君を連れゆきし相手

会っておいてよかったはついに自己慰藉に過ぎねど記憶は生者の側の

肉体の死亡すなわち癌の死なる　一年を彼に赦さざる癌

黒き手触り

まずインク注ぎ足してのち鳩居堂にもとめし便箋取り出だしたり

噴水を万年と訳したる功の万年筆の黒き手触り

和訳時の素因数として残りたるインクの一語に長くこだわる

害虫も益虫もまた嫌《や》な言葉　青麦の上に陽射し三月

なに故にその遅さを恃みしか蝸牛媒花の葉蘭をつまむ

畦道のカラスノエンドウ濃紫　好蟻性昆虫に撓いつつ咲く

落花飛花

冷えやすき肩を思えり木屋町の桜の下を一人し歩めば

朧ろなる花の下道《したじ》のほの明かりすずろすずろと人の行き交う

月光にひたりと籠められ全天は花の浮力に充たされ始む

振り向けば消え入りそうな表情の一樹はひどく静かに立てり

実家には老樹一本まだ母が立ちて眺めえし季《とき》に咲きいき

最初から終速度なる落花飛花ペーパーナイフの光の中へ
わずかなる指先の熱うつしたる花片ひとひら風に委ねつ

ターナーの水面

まぶしさの彼方に人の溺るるを蹠に影を踏みしめて見つ

遥かなる対地速度に北目指し過ぎりてゆけりＩＳＳは

罌粟紅く庭にさかせて毎朝の時間遣りおり君が日々

桟橋を離れてゆかぬ懐かしさターナーの水面に小舟の浮かぶ

十四、五歳の凸凹

体育館にバッシュの音を高鳴らせ若さはすなわちバネなる迅さ

追うよりも先に体の動き出しボールの方が遅れる感じ

コーチより高きも数人十四、五歳の凸凹が円陣を組む

学校のそとの居場所の気楽さが語尾をわずかに動かすと見ゆ

小突き合う相手は背高き友ばかりはげしき練習に漂白されて

ひしひしと後部座席に寡黙なる息子の思考がもはや辿れぬ
十四歳のおさなき霧にしずみいて反抗期へと踏み出せぬらし

雨の焉り

その白き脚の次々砕かるるしなやかな須臾降り継ぐ雨の
迫力が雨を降らせていることのわが暁の夢の破れ目

星を見ぬ夜ばかり続き雨はまた見上ぐる快をわれに奪いぬ

水の面をはつか凹ませ幾重にも展がる雨の焉り見ていつ

この午後を降りやまぬあめ檣に風を集めて澪を曳きたし

雨脚のふときに支えられながら雲くろぐろと盆地を覆う

七月の光をにぶく返しつつ水のいきおう賀茂川流る

初夏の厨にオイルサーディンを煮詰めておりぬ香りたたしめ

街灯の換わりたるのち失われし小さき闇を足裏は恋えり

澪標に南のかぜの運びくる波のよる見ゆ琵琶の水面に

雲の影ひとつを東に過ぎらしめ琵琶湖はただに光の鱗

生身の寂しさの

夜は秋　禾をゆらして渡りくる風は生身の寂しさの中

軋みつつ日々は過ぎゆく風中のあかまんじゅしゃげしろまんじゅしゃげ

十年をオークの樽に沈みいしライ麦の小さき呟きを飲む

アルバータスプリングスは渾々と衣通姫を映せる泉

ゼフィロスの頭陀袋の縫い目より風は洩れ出づ鴨川左岸へ

赤紙に召《と》られていた齢　初めての運転をする櫂の隣に

削りたる鉛筆の芯が思い出すごとくに書けり結句七音

ストレッチしながら読みぬ結婚の綾に溢るる石川美南を

加茂直樹・金田光世　祝婚歌

真直ぐなる樹の梢より光零るごとく幸う世帯とならん

冬の雨

蜜蜂の蒐めし夏の陽のいろを冬の朝《あした》の紅茶にたらす

街灯の円錐のなか幾筋も時雨ののこす擦過傷見ゆ

弟に英語を姉の教えいる抑揚ひくき声のつたわる

寒の雨に傘ぬらしつつ梔子の実のなる傍え立ち去らざりき

わが歌を真直ぐに蔑する若きいて今宵の酒のことに旨かり

あきらめになにゆえ帝　首長たる者の言辞にその色の濃し

弾痕の美しき花弁

今ごろは理科の試験を受けいるか受話器を置きし手に陽の伸び来

生涯に島田修三が詠み込みし人名の数だれか数えよ

鉄郎にひたに優しかりにしメーテルの差し出すヴァイツェンの甘み華やぐ

山裾の小暗さのなか白光となりて咲きいる白梅一樹

弾痕の美《は》しき花弁咲きおらん蛤御門にミャンマーの塀に

鷹鳩と化す

春の夜を震えて咲《ひら》くマグノリア　祈りは常に形をなさず

やわらかなペン先をもて記す名にインクは滲む　あす春が立つ

毎朝の「ののちゃん」に我は励まさる　震災もコロナも詠わずにきて

鷹鳩と化してようやく二人子に受験生なる日々はおわりぬ

潦に春の蹠うつし往く　楠のひたすら葉を降らすなか

明治神宮

大鳥居に歩を進めつつ百年を立たしむる力見上げくぐりぬ

おそらくは首都高の騒《さい》　楠の梢に漉され遠く聞こえ来

あるなしの四月の風にひかり曳き高きより降る芽鱗《がりん》数片

百年がようやく創りしこの杜の巨いなる翳を選びつつ往く

時折に光集むる一筋の繊きにたより降りてくる蜘蛛

日々のすき間に

次男にも背丈抜かれしこの春の氷に注げりキルホーマンを

スーパーの野菜売り場の辣韮は栗花落せる日に華やぎ匂う

幾たびも泣いてしまえり『梅花藻』に冬道麻子が父母を詠うに

五月雨のなか走り来し地下鉄のドアの開けばすなわち入りぬ

ペーパーバック翼を広げたるままに夜の机上にときを零せり

未然形なる愛

羽撃きの重さに青鷺飛びたてり流れに歪む波紋をのこし

鈍色の穏しき流れ　映画には未然形なる愛の語らる

水無月の色彩のなかを泳ぎいるメダカに餌を朝ごとにやる

妹律が飽かずカナリア眺めしをわが懐かしむメダカを覗き

濃淡の淡の雲より降ると見ゆこのまばらなる大粒の雨

多く数詞の歌

京都市発表分二十一人の一人となりて649号室

学校から次男が無症状にもらい来てわが体内に潜伏四、五日

（おそらくは）五輪目当ての新築のホテルのツインに隔離されいる

日に二度の血中酸素濃度と体温測定の報告課さる

全身の倦怠感のまぎれなくわれのものにて三日を臥《こや》る

持ち込みし四冊の本を読むだけの膂力のあらずテレビみて過ぐ

美味くなしと言うは傲岸日に二度の弁当とりに部屋を出でたり

骨折

かの若き膝めりこみし感触を左脇腹はながく記憶す

火葬後のいびつにつながる肋骨を子ら拾うらん　折れいて痛し

肉叢にくいこむ痛みか骨とほね離るるいたみか　高砂百合さく

日の没りをもとめて択《と》りし北陸道　糸魚川の海の凪ぎたるが見ゆ

なにも手に受け取らぬまま落掌と打ち込みてのち送信をせり

軋みつつ鳴く油蟬　路上には溶けつつつをあるソフトクリーム

壮年

壮年《さだ》過ぎし永田淳氏の手許なる文字の見えねば作らるる老眼鏡《めがね》

背後にてクシャと音せりローソンにわれが要らぬと告げしレシート

対岸に日ごといろづきゆく柿にいまだ青きも見えて秋分

翳を出で翳にもどりて飛ぶあきつ微温の風に翅脈ふるわせ

山の端を顕たせて秋の陽は没りぬ夕星ひとつを高く光らす

露繁る窓

その坂を越えて迎えにいくまでの情熱羨し黄泉平坂

子に丈を抜かるるたびに祝杯をあげいるわれを歌に見つくる

パソコンに欄を埋めゆく履歴書に不機嫌そうな写真を貼りぬ

らあめんの矩形の海苔を最後まで鉢の縁に残しておりぬ

潰れたる熟柿に寄れるツマグロのヒョウモンチョウの影のくきやか

みちのくの逢坂みずきの育ているメダカ四十冬籠もりいん

集えば呑む呑めねば集わぬ輩《ともがら》の　孤りに夜を更かしておりぬ

窓に露繁らす晩き秋の夜の更けゆくさまをただ目守りいつ

ハルキストの文体

在るということのかそけさ　葛籠尾《つづらお》に冬陽は低く虹を立てたり

その色にわが窓の辺を暖めてくれいし槻の葉日々に散りゆく

引き留めるすべを知らざるわが指が去りゆく人にメールを打ちぬ

ハルキストの文体のような並木道歩いてくればタコ焼き匂う

鬱の総延長を

寂しさが遠くを見する爪先の砂がわずかに波にくずれて

対岸に雨のくに見ゆ航海の尺度にはかる鬱の総延長《ながさ》を

中心が朽ちてゆくゆえ周辺の華やぎて巻く湖流の渦は

川の辺の光の嵩を戦がせてミゾソバの上を風のぬけゆく

航《はし》りたる後にのみできる白き澪吾に近づきにつつ遠くより消ゆ

あとがき

二〇一五年から二〇二一年までに作った歌の中から四四五首を選んで第四歌集『光の鱗』とした。前歌集の収録期間を二〇一四年までで区切ったのは、それ以降「塔」の選者となったためである。つまり今歌集には「塔」の選者になってからの歌を収めている。

選者になってからほどなく、先達の選者である真中朋久さんから、私の月々の詠草をみて「そんな気の抜けた歌を作っていてはダメだ」といった主旨のメールをいただいた。その二、三ヶ月後、同じく先達の選者である池本一郎さんと編集会議をご一緒した際のトイレで、「ちゃんと毎月歌を出さないと駄目ですよ、楽しみにしてくれている人がいるんですから」とやんわり、こちらもまたお叱りを受けた。お二人からそう叱責されるような態度で出詠していたことを恥じるばかりである。

私はそれ以降、このお二人の指摘を文字通り「金科玉条」のように大事にしてきている。選者となった以上は、それまで以上に自分の歌に対して責任を持たなくてはならない、という至極当然のことに改めて気付かせてもらえたからだ。選者になる前までは、選者が選んでくれるという安心感（言い換えれば「他力本願」）で歌を出していた。毎月、誌面に載る歌は自分の歌でありながら、どこかで「選者のお墨付きをもらった歌」という他人事めいた意識があったのは偽らざるところだ。ところが選者になると誰もその責任を背負ってはくれず、逆に月々に受け持つ数十人の会員の歌の責任を負うことになった。

だからと言って、この歌集に前三歌集との明確な差異や上達が見られるのか、と問われると甚だ心許ない。前のめりの気負いや、思いだけが空回りしている歌も多いことだろう。

一つだけはっきりしていることは、自分の歌を引き受けるのは自分自身しかいない、というごく当たり前のことである。ながらく結社で選歌を受けていると、その意識が希薄になっていたことに今回、改めて気付かされた。

前歌集以降、選者になったことの他に二つの大きな変化があった。

一つは京都造形芸術大学（現・京都芸術大学）で学生短歌会、上終《かみはて》歌会が立ち上がったことである。立場上、私が顧問というようなポストになっているが、本人にその意識はまったくない。月に一度、学生達の時に放埒な、しかし真剣な議論を聞くのを毎回楽しみにしている。先日六年目を迎えたこの会は、今の私の大きな愉しみのひとつである。既存の短歌観から切り離された彼らの縦横無尽な意見、批評を聞ける幸せを噛みしめている。

もう一つは、塔短歌会内で同学年の同人誌「柊と南天」が発足したことである。同学年、というだけの括りなので、同人誌が本来的に持つ同質性や似たような志向があるわけではない、というところが非常に居心地いい。本来なら志を同じくする人間の集まりであるはずが、同学年という画一的な範囲で区切ったことで、思いも寄らない多様性が出ていて、そこが面白くも楽しいと思っている。

こういった二つの事柄が今回の収録歌に何かしら作用しているのか、作者本人にはまったく分からない。

今回の出版を鈴木忍さんにお願いした。出版をお願いしてから入稿するまで、そして校正を戻すまで、長い時間お待たせばかりする私に辛抱強く付き合ってくださった。また校正も非常に緻密にしていただいた。装幀を間村俊一さんが手がけてくださるという。出来上がりがたのしみで仕方がない。お二方に記して厚く御礼申し上げます。

十月八日　寒露の日に

永田　淳

著者略歴

永田　淳（ながた　じゅん）

1973年、滋賀県生まれ。同志社大学文学部英文科卒。

1988年、「塔」短歌会入会。2009年、第一歌集『1/125秒』により第35回現代歌人集会賞受賞。

歌集に『湖をさがす』『竜骨《キール》もて』、著書に『家族の歌』『評伝・河野裕子　たつぷりと真水を抱きて』ほか。

現在、「塔」選者。青磁社代表。

現住所　〒606-0017　京都市左京区岩倉上蔵町169

歌集　光の鱗　ひかりのうろこ

塔21世紀叢書　第422篇

2023年2月4日　初版発行

著　者　　永田　淳

発行者　　鈴木　忍

発行所　　株式会社 朔《さく》出版
〒173-0021　東京都板橋区弥生町49-12-501
電話　03-5926-4386
振替　00140-0-673315
https://saku-pub.com
E-mail　info@saku-pub.com
印刷製本　中央精版印刷株式会社

ISBN978-4-908978-81-4　C0092　￥3000E